MIX
Papier | Fördert gute Waldnutzung
FSC® C002795

Wir produzieren nachhaltig
- Klimaneutrales Produkt
- Papiere aus nachhaltigen und kontrollierten Quellen
- Hergestellt in Europa

Text: Constanze Steindamm
Gestaltung und Satz: awendrich grafix, Haseldorf

Bilder AdobeStock: © Anna Stakhiv, © AStakhiv, © beto_chagas, © Igor Link, © Joe, © master1305, © Phase4Photography, © razihusin, © 103tnn

TOUCHDOWN-TRÄUME

Ein Lese-Abenteuer über American Football

NELSON

INHALT

KAPITEL 1

Ein großer Traum

„Julian, pass auf!“, schrie Jannis, während er den Ball in einem eleganten Bogen über das Spielfeld warf. Sein Freund sprintete los, die Augen fest auf den Ball gerichtet. Er spürte, wie der Wind durch seine Haare wehte und das Adrenalin durch seine Adern schoss.

Es war wie in Zeitlupe: Der Ball kam näher, Julian sprang ab – und fing ihn direkt hinter der Endzone-Linie in der Luft.

„Touchdown!“, rief Charlotte und sprang aufgeregt auf. Sie stand am Spielfeldrand und jubelte ihren beiden Freunden zu. „Das war ein richtig genialer Fang, Julian!“

Julian war sicher auf beiden Füßen gelandet und drehte sich fröhlich zu Jannis und Charlotte um.

„Danke, aber ohne den Pass von Jannis wäre das nichts geworden!“, sagte er und warf den Ball zurück.

Jannis fing das ovale Leder lässig auf und zuckte mit den

Schultern. „War doch nichts. Ich habe nur geworfen“, sagte er und lachte.

Es war ein sonniger Nachmittag und sie hatten sich auf dem Sportplatz der Schule verabredet.

„Ihr zwei seid echt ein gutes Team“, meinte Charlotte, während sie zu ihnen aufs Spielfeld lief. „Aber wisst ihr, was noch besser wäre?“

„Was denn?“, fragten Julian und Jannis im Chor.

„Wenn wir ein echtes NFL-Spiel live sehen könnten!“, sagte Charlotte, und ihre Augen leuchteten vor Aufregung. „American Football ist so cool!“

Für einen Moment war es still. Julian und Jannis tauschten einen kurzen Blick, dann brach eine Welle der Begeisterung los.

„Ja, das wäre der Wahnsinn!“, rief Jannis und sprang in die Luft. „Die besten Spieler der Welt, live vor uns! Das wäre unglaublich!“

„Und stellt euch vor, wie die Stimmung im Stadion wäre!“, fügte Julian hinzu. „Tausende von Fans, die ihre Teams anfeuern. Das wäre ein Traum!“

Charlotte nickte eifrig. „Ich habe gehört, dass jetzt auch NFL-Spiele in Deutschland stattfinden! Ein Spiel ist tatsächlich ganz hier in der Nähe!“

„Das wäre wirklich genial“, sagte Julian, während er sich den Football unter den Arm klemmte. „Ich würde gerne mal einen entscheidenden Touchdown live sehen. Aber Tickets für so ein Spiel sind sicher teuer.“

„Und wie sollten wir überhaupt an Karten kommen? Die sind bestimmt schon alle ausverkauft“, warf Jannis ein und sah ein wenig niedergeschlagen aus.

Charlotte ließ sich aber nicht entmutigen. „Na ja, wir könnten ja mal schauen. Es gibt bestimmt irgendeine Möglichkeit. Man darf nicht aufgeben, bevor man etwas versucht hat!“

„Klar, das stimmt“, sagte Julian nachdenklich. „Aber wir brauchen einen Plan. Und zwar einen richtig guten!“

Die drei Freunde setzten sich auf eine Bank am Rand des

Spielfelds und begannen, Ideen zu sammeln. Sie wussten, dass es nicht leicht sein würde, an die Tickets zu kommen, aber sie waren entschlossen, alles zu versuchen.

„Vielleicht könnten wir etwas verkaufen, um Geld zu sammeln“, schlug Jannis vor. „So wie beim Flohmarkt letztes Jahr.“

„Oder wir könnten unsere Eltern fragen, ob sie uns helfen“, sagte Julian. „Aber das ist schon eine Menge Kohle.“

Charlotte dachte kurz nach, dann kam ihr ein Gedanke. „Wie wäre es, wenn wir ein Flag-Football-Turnier an unserer Schule organisieren? Es gibt doch schon eine AG. Wir könnten Startgeld nehmen und davon Bälle für die Schule kaufen – und die Tickets. Am besten für alle aus der AG!“ Jannis und Julian sahen sich an.

„Das ist eine klasse Idee!“, rief Julian. „Wir spielen, das macht Spaß, und sammeln gleichzeitig Geld. Da können alle ja nur doppelt gewinnen!“

„Und wir könnten unsere Mitschülerinnen und Mitschüler dazu bringen, mitzumachen“, fügte Jannis hinzu. „Je mehr Teams, desto mehr Startgeld..“

„Genau!“, stimmte Charlotte zu. „Und vielleicht können wir noch Sponsoren finden, die uns unterstützen. Wir müssen nur die Lehrer überzeugen.“

Die drei Freunde begannen sofort, Pläne zu schmieden. Eifrig schrieben sie alles auf, was ihnen einfiel. Es gab wirklich eine Menge zu bedenken. Aber ihre Köpfe waren voll von Ideen und ihre Augen funkelten vor Aufregung.

„Also, wenn das klappt, sehen wir bald unser erstes NFL-Spiel live!“, sagte Julian entschlossen und hob den Football hoch. „Wir werden es schaffen, Leute!“

„Ja, das werden wir!“, riefen Jannis und Charlotte gleichzeitig.

Sie würden alles geben, um ihren großen Traum wahr werden zu lassen.

KAPITEL 2

Ein Plan entsteht

Am nächsten Morgen trafen sich Julian, Jannis und Charlotte früh in der Schule. Sie hatten in der Nacht kaum geschlafen, so aufgeregt waren sie. Der Plan, ein Flag-Football-Turnier zu organisieren, war in ihren Köpfen gewachsen.

„Okay, Leute, wir brauchen einen Plan, der gut durchdacht ist“, sagte Julian zu seinen Freunden, während er seinen Rucksack auf einen der Bänke auf dem Schulhof warf.

„Wenn wir das richtig angehen, können wir genug Geld für die Tickets sammeln.“

„Und wir müssen es so angehen, dass alle mitmachen wollen“, fügte Charlotte hinzu. „Je mehr Teams am Ende mitmachen, desto besser.“

„Und desto näher kommen wir den Tickets!“, ergänzte Jannis und rieb sich die Hände. „Also, wie fangen wir an?“

Julian zog ein Notizbuch aus seinem Rucksack und schlug es auf. „Ich habe schon mal eine Liste gemacht.

Wir brauchen erstens: Werbung. Zweitens: Teams. Drittens: einen Ort. Und viertens … was fehlt noch?"

„Schiedsrichter!", rief Charlotte. „Sonst gibt es nur Chaos auf dem Feld."

„Stimmt!", sagte Julian und schrieb es schnell auf. „Und Preise. Wenn wir coole Preise für die Gewinner haben, melden sich bestimmt noch mehr Leute an."

„Vielleicht können wir unsere Eltern fragen, ob sie etwas sponsern", schlug Jannis vor. „Mein Onkel hat einen Sportladen, vielleicht können wir von dort Trikots oder Bälle als Preise bekommen."

„Super Idee!", lobte Charlotte. „Ich rede mit den Lehrern und frage, ob wir den Sportplatz nutzen dürfen. Und wir brauchen eine Genehmigung, um Plakate in der Schule aufzuhängen."

„Das wird ein riesiges Event!", rief Julian begeistert. „Wenn wir das hinkriegen, reden alle über unser Turnier. Und am Ende stehen wir mit den NFL-Tickets da."

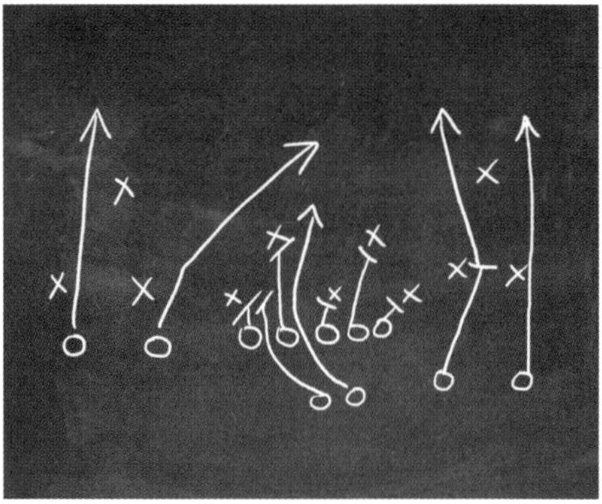

Während sie ihre Pläne schmiedeten, kam Herr Pletz, der Sportlehrer, um die Ecke.
„Na, was treibt ihr drei so früh hier draußen?“, fragte er neugierig.
Die Freunde tauschten einen schnellen Blick, dann ergriff Charlotte das Wort.
„Herr Pletz, wir haben eine großartige Idee! Wir wollen ein Flag-Football-Turnier an der Schule organisieren, um Geld für NFL-Tickets zu sammeln.“
Herr Pletz sah kurz überrascht aus, dann fragte er interessiert nach.
„NFL-Tickets, hm? Das klingt ehrgeizig. Aber was genau habt ihr vor?“
Julian hielt das Notizbuch hoch. „Wir wollen Teams aus allen Klassen bilden, Werbung machen und Sponsoren finden. Jeder zahlt ein kleines Startgeld, und das

Preisgeld geht an die Gewinner. Den Rest verwenden wir, um Tickets zu kaufen, für alle aus der AG."

„Es wäre super, wenn Sie uns helfen könnten", fügte Jannis hinzu. „Sie könnten Schiedsrichter sein oder uns Tipps geben, wie wir das Turnier am besten organisieren."

Herr Pletz lächelte. „Ihr sprüht ja richtig vor Energie. Aber das wird viel Arbeit. Habt ihr auch darüber nachgedacht, wie ihr das alles managen wollt?"

„Natürlich!", sagte Charlotte selbstbewusst. „Wir haben uns die Aufgaben aufgeteilt und jeder übernimmt einen Teil. Wir wissen, dass es viel zu tun gibt, aber wir sind bereit."

Herr Pletz nickte zustimmend. „Gut, gut. Ich helfe euch gerne, aber ihr müsst mir versprechen, dass ihr das ordentlich durchzieht. Keine halben Sachen!"

„Versprochen!", riefen die drei erleichtert.

„Okay, dann schlage ich vor, dass ihr als Nächstes mit der Schulleitung sprecht. Wenn ihr die Genehmigung habt, können wir richtig loslegen. Und vergesst nicht: Ein gutes Turnier braucht Regeln, klare Abläufe und natürlich faire Schiedsrichter."

„Das kriegen wir hin!", sagte Jannis und strahlte über das ganze Gesicht. „Wir werden das beste Turnier veranstalten, das die Schule je gesehen hat!"

Nachdem sie sich von Herrn Pletz verabschiedet hatten, eilten die Freunde sofort ins Schulbüro, um mit Frau Schoofmoor, der Direktorin, zu sprechen. Sie warteten nervös vor ihrem Büro, bis sie hereingebeten wurden.

Frau Schoofmoor saß an einem großen Schreibtisch und tippte etwas in ihren Laptop. Sie blickte hoch und musterte die Freunde neugierig.

„Guten Morgen, ihr drei. Was kann ich für euch tun?"

Charlotte trat vor und erklärte den Plan. „Frau Schoofmoor, wir würden gerne ein Flag-Football-Turnier organisieren, um Geld für NFL-Tickets zu sammeln. Wir haben alles durchdacht und brauchen nur Ihre Erlaubnis, das Turnier auf dem Schulgelände abzuhalten und Plakate in der Schule aufzuhängen."

Frau Schoofmoor hörte aufmerksam zu, ohne sie zu unterbrechen. Als Charlotte fertig war, lehnte sie sich zurück und lächelte freundlich. „Das klingt nach einer spannenden Idee. Aber habt ihr auch an alle Details gedacht? Sicherheit, Zeitplan, Aufräumen nach dem Turnier?"

Julian nickte eifrig. „Ja, wir haben alles im Griff. Herr Pletz unterstützt uns, und wir werden sicherstellen, dass alles reibungslos läuft."

Frau Schoofmoor dachte einen Moment lang nach, dann nickte sie. „Gut, ich gebe euch meine Zustimmung. Aber ich erwarte, dass ihr euch Mühe gebt und das Ganze ernsthaft durchzieht. Und ich möchte einen Bericht nach dem Turnier sehen."

Die drei Freunde konnten ihre Freude kaum zurückhalten.

„Vielen Dank, Frau Schoofmoor! Wir werden Sie nicht enttäuschen!", meinte Jannis.

Als sie das Büro verließen, klatschten sie sich begeistert ab.

„Es geht los!", rief Julian. „Unser Plan steht! Jetzt wird es ernst!"

„Ja!", stimmte Charlotte zu. „Wir haben die Genehmigung, Herr Pletz hilft uns, und wir haben einen großartigen Plan. Das wird das beste Turnier aller Zeiten!"

„Und wir werden genug Geld für die Tickets zusammenbekommen!", fügte Jannis hinzu.

„Dann lasst uns keine Zeit verlieren", sagte Julian entschlossen. „Die Arbeit beginnt jetzt!"

Mit breitem Grinsen und voller Tatendrang machten sich die Freunde auf den Weg nach Hause. Sie wussten, dass es viel Arbeit werden würde, aber das Ziel war es wert.

KAPITEL 3

Die Regeln des Spiels

In der Woche nach ihrem Gespräch mit Frau Schoofmoor herrschte in der Schule eine riesige Aufregung. Überall hingen bunte Plakate, die für das große Flag-Football-Turnier warben. Die Schüler und Schülerinnen tuschelten in den Gängen, und immer mehr Teams meldeten sich an. Doch viele wussten gar nicht genau, wie Flag Football überhaupt funktionierte.

„Wir müssen den Leuten die Regeln erklären, sonst gibt es ein riesiges Durcheinander beim Turnier", sagte Charlotte ernst, während sie zusammen mit Julian und Jannis auf dem Schulhof saß. Sie hatten gerade große Pause und beobachteten, wie einige Schüler versuchten, mit einem Football zu spielen – allerdings eher ahnungslos.

„Da hast du recht", stimmte Jannis zu, als er sah, wie ein Junge versuchte, den Ball wie beim Basketball zu dribbeln.

„Wenn wir wollen, dass das Turnier ein Erfolg wird, müssen wir sicherstellen, dass jeder die Regeln verstanden hat." Julian grinste und stand auf. „Dann bringen wir ihnen die Regeln bei. Macht euch bereit, denn jetzt wird es ernst!" Sie riefen alle zusammen, die in der Nähe standen, und erklärten, dass sie eine kleine Trainingseinheit im Flag Football geben würden. Bald schon versammelte sich eine Gruppe von Kindern auf dem Rasen.

„Okay, Leute, das hier ist fast wie American Football, aber nicht ganz“, begann Julian und hielt den Ball hoch. „Flag Football ist eine abgewandelte, aber genauso spannende Version. Es gibt kein Tackling und keine richtigen Stöße. Man braucht daher auch keinen Helm. Stattdessen trägt jeder Spieler zwei Flaggen an einem Gürtel, und das Ziel ist es, diese Flaggen dem Gegner abzunehmen, um ihn zu stoppen.“

„Das ist sicherer und macht trotzdem total viel Spaß!“, fügte Charlotte hinzu. „Das Wichtigste ist aber, dass ihr die Grundregeln kennt, denn die sind ähnlich wie beim American Football. Die zeigen wir euch jetzt.“

Julian stellte sich auf das Spielfeld und zeigte den Ball.

„Erste Regel: Der Spielzug beginnt, wenn der Ball gesnappt wird. Das bedeutet, dass der Ball vom Center, das ist der Spieler in der Mitte, zum Quarterback nach hinten gespielt wird. Der Quarterback entscheidet dann, ob er den Ball werfen, damit laufen oder ihn an einen anderen Spieler abgeben will.“

„Und wenn der Ballträger losläuft“, ergänzte Jannis, „dürft ihr ihn nicht umhauen. Stattdessen müsst ihr versuchen, eine der Flaggen von seinem Gürtel zu ziehen. Wenn das gelingt, ist der Spielzug vorbei, und der nächste beginnt.“

Einige der Kinder nickten, andere sahen noch etwas verwirrt aus.

„Zeigt uns doch mal, wie das in echt aussieht!“, rief ein Junge aus der Menge.

„Gute Idee!“, sagte Julian und grinste. „Charlotte, Jannis, seid ihr bereit?“

„Klar!“, riefen die beiden.

Julian schnappte sich den Ball und stellte sich hinter Jannis, der auf dem Center-Posten stand. Charlotte stellte sich als Wide Receiver an die Seite, bereit, loszusprinten.

Jannis beugte sich vor und rief: „Go!“

Julian nahm den Ball entgegen und sprang sofort nach hinten, während Charlotte loslief. Die Schüler am Spielfeldrand schauten gebannt zu.

Plötzlich warf Julian den Ball mit einem schnellen Schwung in Charlottes Richtung.
Sie sprang hoch, fing den Ball sicher und rannte los.
Doch dann kam Jannis von der Seite angerauscht. So hatten sie es schon ein paar Mal geübt. Er griff nach Charlottes Flagge. Charlotte versuchte, einen Haken zu schlagen, doch Jannis riss flink die Flagge von Charlottes Gürtel.
„Spielzug vorbei!", rief Jannis und hielt die Flagge hoch.
Die Schüler jubelten und klatschten begeistert. Einige begannen sofort, die gelernten Regeln in kleinen Spielen umzusetzen. Sie holten weitere Gürtel und bald sah man überall auf dem Schulhof Kinder, die versuchten, sich gegenseitig die Flaggen abzunehmen, und dabei laut lachten.
„Wartet, das ist noch nicht alles!", rief Charlotte und winkte, um die Aufmerksamkeit der Kinder zurückzugewinnen.
„Es gibt noch mehr Regeln, die ihr wissen müsst. Zum Beispiel, wie man Punkte macht."
„Richtig!", fügte Julian hinzu. „Das Ziel des Spiels ist es, den Ball in die Endzone des Gegners zu bringen. Wenn ihr

das schafft, gibt es einen Touchdown, und der zählt sechs Punkte. Danach könnt ihr noch einen Extrapunkt durch einen kurzen Pass oder Laufversuch machen. Im richtigen Footballspiel wird der Ball dann durch das Tor mit den gelben Pfosten geschossen."

„Und denkt daran", sagte Jannis, „wenn ihr es nicht in vier Versuchen schafft, den Ball weiter nach vorne zu bringen, muss der Ball an das andere Team abgegeben werden."

Ein Junge hob die Hand. „Und was ist, wenn ich den Ball fangen will, aber jemand vor mir steht?"

„Gute Frage!", sagte Charlotte. „Wenn du angespielt wirst, kannst du dem anderen Spieler ausweichen oder ihn täuschen. Aber du darfst ihn nicht wegschubsen oder festhalten. Es geht hier um Geschick und Schnelligkeit."

„Also ist es wie ein taktisches Spiel, bei dem man nicht nur stark, sondern auch schlau sein muss", sagte ein Mädchen nachdenklich.

„Genau!“, bestätigte Julian. „Flag Football ist ein Spiel für clevere Köpfe und flinke Füße. Ihr müsst wissen, wann ihr schnell sein müsst und wie ihr clever spielt.“

Die Kinder waren begeistert und stellten noch viele Fragen. Julian, Jannis und Charlotte erklärten geduldig jede Regel, bis wirklich alle verstanden hatten, wie das Spiel funktionierte.

Als die Schulglocke zur nächsten Stunde läutete, stürmten die Kinder in die Klassenräume. Viele hatten sich verabredet, um später noch mehr zu spielen.

„Das lief doch super!“, sagte Jannis, als sie sich auf den Weg zurück ins Schulgebäude machten. „Ich wette, jetzt wollen noch mehr Leute beim Turnier mitmachen.“

„Ja, und ich glaube, wir haben auch ein paar neue Fans für American Football gewonnen“, fügte Charlotte stolz hinzu.

Julian grinste breit. „Wir sind auf einem guten Weg. Wenn das Turnier so läuft, wie wir es uns vorstellen, können wir uns bald auf das NFL-Spiel freuen.“

KAPITEL 4

Das große Turnier

Der Tag des großen Turniers war endlich gekommen. Schon früh am Morgen war die Schule in Aufruhr. Auf dem Sportplatz waren bunte Banner aufgehängt, und die weißen Linien auf dem Rasen strahlten frisch in der Morgensonne. Julian, Jannis und Charlotte liefen aufgeregt umher, überprüften die Spielpläne und stellten sicher, dass alles perfekt vorbereitet war.

„Seid ihr bereit?“, fragte Julian und klatschte in die Hände. „Heute entscheidet sich, ob wir genug Geld für die NFL-Tickets zusammenbekommen!“

„Ich bin so nervös, dass ich meinen Frühstückstoast fast verbrannt habe“, gestand Jannis und lachte. „Aber das hier wird der Hammer!“

„Keine Sorge, das wird großartig“, sagte Charlotte zuversichtlich. „Wir haben alles vorbereitet. Jetzt sind die Teams an der Reihe.“

Nach und nach trafen die Teams ein. Es hatten sich insgesamt acht Mannschaften aus verschiedenen Klassen gebildet, jede mit einem selbstgewählten Namen und eigenen Trikots. Da gab es unter anderem die „Blitzschläger", die „Donner-Tiger" und die „Tornado-Kicker". Alle waren war gespannt und wollten am liebsten sofort loslegen.

Herr Pletz, der als Schiedsrichter fungieren sollte, trat an die Freunde heran. „Ihr habt das wirklich toll organisiert", lobte er. „Ich werde mein Bestes tun, um für faire Spiele zu sorgen. Und denkt daran: Sportsgeist ist genauso wichtig wie der Sieg."

„Danke, Herr Pletz", sagte Charlotte lächelnd. „Wir zählen auf Sie."

Bald darauf war es Zeit für das erste Spiel. Die „Blitzschläger" traten gegen die „Tornado-Kicker" an, und die Stimmung war auf dem Höhepunkt. Die Zuschauer, bestehend aus Mitschülern, Eltern und Lehrern, feuerten die Teams lautstark an.

„Los geht's!", rief Julian, der zusammen mit Jannis als Kommentator am Rand stand. Er hatte ein Mikrofon in der Hand und sorgte dafür, dass niemand die spannenden Spielzüge verpasste. „Die Blitzschläger haben den Ball und setzen zum ersten Angriff an!"

Die Spieler rannten los, und der Quarterback der Blitzschläger warf einen schnellen Pass zu seinem Wide Receiver. Doch plötzlich sprang Moritz, ein Spieler der Tornado-Kicker, dazwischen und fing den Ball ab. Die Menge brach in Jubel aus, während die Tornado-Kicker einen langen Lauf in die Endzone hinlegten. Touchdown!

„Was für ein Spielzug!", rief Jannis ins Mikrofon. „Das war blitzschnell!"

Die Spiele waren spannend und der Sieg war oft hart umkämpft. Es gab spektakuläre Läufe, clevere Pässe und dramatische Abwehraktionen. Die Kinder auf dem Spielfeld gaben alles, und auch auf den Zuschauerrängen war die Begeisterung riesig. Charlotte lief hin und her, um sicherzustellen, dass alles reibungslos klappte.

Sie sorgte dafür, dass die Teams pünktlich antraten und dass genug Wasser für alle Spieler bereitstand. Zwischen den Spielen nutzten Julian und Jannis die Zeit, um die Ergebnisse anzusagen und die Spieler zu interviewen.

„Wie fühlst du dich nach dem Touchdown, den du gerade erzielt hast?", fragte Julian Jonah, einen Spieler der Tornado-Kicker.

„Super!", keuchte Jonah außer Atem, aber strahlend. „Ich dachte, ich würde es nicht schaffen, aber dann hab ich einfach alles gegeben und es doch geschafft."

Als das Turnier in die heiße Phase ging, waren nur noch vier Teams übrig: die Blitzschläger, die Donner-Tiger, die Tornado-Kicker und die Flammenwerfer. Jedes Team hatte alles gegeben, um ins Halbfinale zu kommen, und die Spannung war greifbar.

Im ersten Halbfinale traten die Blitzschläger gegen die Donner-Tiger an. Es war ein enges Spiel, bei dem beide Teams auf Augenhöhe spielten. Doch kurz vor dem Ende gelang Ella von den Blitzschlägern ein sensationeller Pass in die Endzone, und sie sicherten sich den Sieg.

„Und da haben wir's!", rief Julian begeistert ins Mikrofon. „Die Blitzschläger stehen im Finale!"

Im zweiten Halbfinale lieferten sich die Tornado-Kicker und die Flammenwerfer ein ebenso spannendes Duell. Die Tornado-Kicker setzten alles auf ihre Geschwindigkeit, während die Flammenwerfer mit geschickten Täuschungsmanövern punkteten. Doch schließlich gelang es den Tornado-Kickern, den entscheidenden Touchdown zu erzielen und sich ebenfalls einen Platz im Finale zu sichern.

„Das wird ein spannendes Endspiel!", rief Jannis ins Mikrofon, während die Zuschauer applaudierten. „Nochmal Blitzschläger gegen Tornado-Kicker – wer wird der Champion?"

„Seid ihr bereit für das große Finale?", fragte Herr Pletz die beiden Teams, die sich zum Spiel bereit machten.

„Ja!", riefen die Spieler im Chor.

Die Zuschauer versammelten sich um das Spielfeld, und die Spannung stand in der Luft.

Das Finale war ein Nervenkitzel vom Feinsten. Die Tornado-Kicker starteten mit einem schnellen Angriff, aber die Blitzschläger waren bestens vorbereitet und wehrten den ersten Spielzug geschickt ab. Beide Teams schenkten sich nichts, und das Spiel ging hin und her.
Mit nur noch einer Minute auf der Uhr stand es unentschieden. Die Blitzschläger hatten den Ball und setzten zum entscheidenden Spielzug an. Der Quarterback sah sich um, suchte nach einer Lücke in der Abwehr, und dann passierte es: Er warf einen langen Pass, der direkt in die Hände seines Wide Receivers flog.
„Er hat ihn!“, schrie Julian ins Mikrofon. „Das könnte der Sieg sein!“

Der Wide Receiver der Blitzschläger sprintete los, aber ein Verteidiger der Tornado-Kicker kam ihm gefährlich nahe. Es war ein Kopf-an-Kopf-Rennen zur Endzone, die Zuschauer standen auf den Zehenspitzen. Kurz vor der Endzone sprang der Verteidiger nach vorne – doch er verfehlte die Flagge um Haaresbreite!

„Touchdown!“, rief Jannis laut, als der Wide Receiver die Endzone erreichte. „Die Blitzschläger haben gewonnen!“

Die Menge brach in Jubel aus, und die Fans der Blitzschläger stürmten auf das Feld, um ihr Team zu feiern.

Es war ein unvergesslicher Moment, und auch die Tornado-Kicker gratulierten sportlich ihren Gegnern.

Nach dem Finale versammelten sich alle Teams auf dem Spielfeld zur Siegerehrung. Herr Pletz überreichte den Blitzschlägern den Siegerpokal, während Julian, Jannis und Charlotte die Medaillen verteilten.

„Ihr habt alle großartig gespielt“, sagte Charlotte strahlend. „Das war ein fantastisches Turnier, und wir sind stolz auf euch alle!“

KAPITEL 5

Film ab!

Nach dem erfolgreichen Turnier waren Julian, Jannis und Charlotte überglücklich. Sie hatten hart gearbeitet, viel Spaß gehabt und das Wichtigste war: Sie hatten das nötige Geld für die NFL-Tickets zusammenbekommen, für alle aus der AG! Doch als sie versuchten, online die Tickets zu kaufen, kam der große Schock.

„Was? Ausverkauft?“, rief Julian fassungslos, als er am Computer die Nachricht las. „Das kann doch nicht wahr sein!“

Die drei Freunde saßen niedergeschlagen in Julians Zimmer und starrten auf den Bildschirm. Das NFL-Spiel, auf das sie sich so gefreut hatten, war tatsächlich ausverkauft. „Vielleicht können wir die Tickets ja noch irgendwo anders bekommen“, schlug Charlotte vor, obwohl sie wusste, dass es unwahrscheinlich war. „Irgendwo muss es doch noch welche geben.“

Julian durchsuchte verzweifelt das Internet, aber überall war die gleiche Antwort zu finden: ausverkauft.
„Das ist ein Albtraum“, murmelte Jannis leise. „Was machen wir denn jetzt? Sollen wir das ganze Geld einfach der Schule spenden oder es fürs nächste Spiel aufheben?“
Gerade als sie schon dabei waren, die Hoffnung aufzugeben, klingelte Charlottes Handy. Es war ihre Mutter.
„Charlotte, ich habe gerade eine Anzeige im Internet gesehen. Da gibt es ein Gewinnspiel, bei dem man NFL-Tickets gewinnen kann!“
Charlotte sprang auf. „Was? Ein Gewinnspiel? Was muss man da machen?“
„Man muss ein Video über American Football drehen und erklären, warum man den Sport liebt“, erklärte ihre Mutter.
„Der erste Preis sind drei Tickets für das Spiel.“
Charlotte war sofort Feuer und Flamme. „Danke, Mama! Ich erzähle es sofort den Jungs!“ Sie legte auf und wandte sich aufgeregt an Julian und Jannis. „Hey, ihr beiden, wir haben eine zweite Chance!“

„Ein Video? Das kriegen wir hin!", rief Julian begeistert, als Charlotte ihnen vom Gewinnspiel berichtet hatte.
„Ja!", fügte Jannis hinzu. „Wir könnten zeigen, wie wir Flag Football spielen, die Regeln erklären und unsere Lieblingsspieler vorstellen. Das wird klasse!"
„Wir müssen den anderen gleich morgen sagen, dass wir das Geld erst für das nächste Spiel verwenden können", meinte Charlotte. „Aber sie können ja auch beim Gewinnspiel mitmachen, falls sie Lust haben."
Die drei Freunde legten sofort los. Sie planten das Video bis ins kleinste Detail. Jeder von ihnen übernahm eine Rolle: Julian war der Sprecher, Jannis führte die Kamera, und Charlotte kümmerte sich um die Regie und den Schnitt. Sie wollten ein Video erstellen, das nicht nur spannend, sondern auch witzig und informativ war.
„Okay, Leute, wir fangen mit einer coolen Szene an, in der wir den Football in Zeitlupe fangen", schlug Jannis vor. „Das sieht immer beeindruckend aus."
„Und danach erzählen wir, warum wir American Football

und die NFL toll finden“, ergänzte Charlotte. „Jeder von uns kann seine Lieblingsposition erklären.“

„Ich werde darüber reden, wie spannend die letzten Minuten eines Spiels sind“, sagte Julian mit leuchtenden Augen. „Und wie cool der Super Bowl ist, den man wegen der Zeitverschiebung immer nur nachts schauen kann. Das wird episch!“

In den nächsten Tagen filmten sie unermüdlich. Sie fingen an, indem sie ihre Flag-Football-Spiele auf dem Schulhof aufnahmen. Julian erklärte dabei die Regeln, während Charlotte den Ball warf und Jannis die Kamera hielt. Dann interviewten sie sich gegenseitig und sprachen darüber, warum sie so große Fans der NFL waren.

„Ich liebe es, wie jeder Spielzug den Unterschied machen kann“, sagte Charlotte. „Man muss immer wachsam sein, und das Team spielt eine entscheidende Rolle.“

„Und ich finde es spannend, wie viel Strategie in dem Spiel steckt“, fügte Jannis hinzu. „Es ist wie Schach, nur viel schneller und mit mehr Action!“

Julian nickte zustimmend. „Und dann gibt es noch die unglaublichen Momente, wenn ein Spieler einen Pass fängt und zum Touchdown läuft. Diese Augenblicke vergisst man nie. American Football ist mehr als nur ein Spiel. Es ist Teamgeist, Strategie und Leidenschaft."

Nachdem sie alle Szenen aufgenommen hatten, setzten sich die drei Freunde an Charlottes Laptop, um das Video zusammenzuschneiden. Sie arbeiteten bis spät in die Nacht, wählten die besten Aufnahmen aus, fügten coole Musik hinzu und sorgten dafür, dass die Übergänge reibungslos verliefen.

„Dieser Slow-Motion-Effekt ist genial!", sagte Jannis, als sie eine der Spielszenen bearbeiteten. „Das wird die Jury umhauen."

„Und der Teil mit den Bällen am Ende – richtig gut geworden", fügte Julian hinzu.

Charlotte nickte konzentriert, während sie den letzten Schliff vornahm. „Ich bin wirklich stolz auf uns. Egal, ob wir gewinnen oder nicht, das ist einfach super!"

Schließlich war das Video fertig. Die drei Freunde schauten es sich noch einmal an und nickten zufrieden.

„Das ist es“, sagte Julian mit einem Lächeln. „Das ist echt unser Meisterwerk.“

„Auf jeden Fall haben wir alles gegeben“, sagte Jannis. „Jetzt heißt es nur noch Daumen drücken.“

Sie reichten das Video ein und warteten gespannt. Die Tage vergingen langsam, und die Aufregung wuchs. Dann, eine Woche später, war es endlich so weit. Eine E-Mail von den Veranstaltern des Gewinnspiels traf ein. Julian öffnete sie, während Charlotte und Jannis nervös über seine Schulter schauten.

„Lies schon!“, drängte Jannis, der es kaum noch aushielt.

Julian las die Nachricht laut vor: „Herzlichen Glückwunsch, ihr habt den zweiten Platz belegt!“

„Den zweiten Platz?“, fragte Charlotte ungläubig. „Und was ist der Preis?“
Julian scrollte weiter und las: „Ihr gewinnt ein signiertes NFL-Poster und ein Football-Set.“
Es herrschte einen Moment lang Stille, während sie die Nachricht verarbeiteten. Dann seufzte Jannis. „Zweiter Platz ist nicht schlecht, und die Preise sind wirklich richtig toll. Aber … es sind keine Tickets.“
„Das ist echt schade“, sagte Charlotte enttäuscht.
„Wir haben so viel Arbeit in das Video gesteckt.“
Julian legte den Arm um seine Freunde. „Hey, das ist trotzdem großartig. Zweiter Platz ist eine tolle Leistung, und wir haben ein cooles Video gemacht, das wir immer anschauen können.“
Sie waren zwar enttäuscht, aber beschlossen, das Beste aus der Situation zu machen. Sie feierten ihren zweiten Platz mit einem gemütlichen Abendessen und sahen sich ihr Video noch einmal gemeinsam an.

KAPITEL 6

Ein besonderer Anruf

Drei Tage später war die Enttäuschung über den zweiten Platz zwar noch nicht ganz verschwunden, aber die Freunde hatten beschlossen, nicht den Kopf hängen zu lassen. Sie trafen sich wie gewohnt auf dem Schulhof, um vor der ersten Stunde noch ein paar Pässe zu werfen und sich aufzuheitern. Und natürlich freuten sie sich über das Football-Set, das schon angekommen war.

„Also gut, wir haben kein Glück beim Gewinnspiel gehabt", sagte Julian, während er einen neuen NFL-Ball fest in der Hand hielt. „Aber das bedeutet nicht, dass unser Traum vorbei ist. Wir können immer noch nach anderen Möglichkeiten suchen."

„Stimmt", pflichtete ihm Charlotte bei und schnappte sich den Ball, den Julian ihr zuwarf. „Vielleicht gibt es ja noch ein anderes Gewinnspiel oder irgendeine Aktion, bei der wir die Tickets bekommen können."

Jannis nickte, auch wenn er immer noch ein wenig

niedergeschlagen wirkte. „Vielleicht sollten wir einfach noch mal im Internet recherchieren. Es gibt bestimmt noch andere Wege."

Gerade als sie darüber diskutierten, wie sie weiter vorgehen wollten, klingelte Charlottes Handy. Sie holte es aus der Tasche und runzelte die Stirn, als sie die Nummer auf dem Display sah.

„Komisch, ich kenne die Nummer nicht", sagte sie.

„Vielleicht ist es jemand vom Gewinnspiel", schlug Jannis vor und zuckte mit den Schultern. „Man weiß ja nie."

„Vielleicht ist es aber auch nur ein Werbeanruf", meinte Julian und grinste. „Frag sie mal nach den Tickets!"

Charlotte drückte das Handy ans Ohr. „Hallo? Charlotte hier."

Eine freundliche Stimme am anderen Ende der Leitung meldete sich. „Hallo, Charlotte, hier ist Monika von Radio Superhits. Wir haben gerade eure Geschichte vom Gewinnspiel gehört und wie sehr ihr euch für die Tickets ins Zeug gelegt habt. Wir fanden das wirklich toll!"

Charlotte war überrascht. „Vom Radio? Wie haben Sie denn von uns erfahren?“

„Eine Lehrerin aus eurer Schule hat uns davon erzählt“, erklärte Monika. „Von ihr habe ich auch deine Nummer. Sie meinte, dass ihr unglaublich viel Arbeit in euer Video gesteckt habt und sehr enttäuscht wart, dass es nicht für den ersten Platz gereicht hat.“

Charlotte war sprachlos und nickte mit dem Kopf, obwohl die Radiomoderatorin das natürlich nicht sehen konnte.

„Äh … ja, das stimmt. Wir haben uns wirklich viel Mühe gegeben. Aber der zweite Platz ist trotzdem okay.“

„Das Video war wirklich super“, fuhr Monika fort. „Deshalb möchten wir euch gerne ins Radio einladen, um eure Geschichte zu erzählen. Und …“, sie machte eine kurze Pause, „es gibt noch eine Überraschung.“

Charlottes Augen wurden groß, und sie blickte aufgeregt zu Julian und Jannis, die sie fragend ansahen.

„Eine Überraschung? Was für eine?“

„Nun, wir haben ein paar Verbindungen genutzt und es geschafft, euch drei Tickets für das NFL-Spiel zu besorgen", sagte Monika mit einem Lächeln in der Stimme.

„Was?!", schrie Charlotte so laut, dass die halbe Schule es hören konnte. Sie würden Tickets geschenkt bekommen? Für das NFL-Spiel?

Julian und Jannis sprangen aufgeregt auf und versuchten, aus Charlottes Reaktion schlau zu werden.

„Was ist los?", fragte Julian aufgeregt. „Was sagen die Leute vom Radio?"

Charlotte konnte kaum fassen, was sie hörte.

„Du hast richtig gehört", bestätigte Monika am anderen Ende der Leitung. „Wir dachten, dass eure Mühen belohnt werden sollten. Also haben wir drei Tickets für euch organisiert. Was haltet ihr davon?"

„Das ist der Wahnsinn!", rief Charlotte und hüpfte vor Freude auf und ab. „Vielen, vielen Dank!"

Julian und Jannis freuten sich mit, auch wenn sie noch nicht ganz wussten, was los war.

„Was ist los?“, fragte Jannis ungeduldig.

Charlotte schaltete auf Lautsprecher, sodass ihre Freunde mithören konnten.

„Könnten Sie das bitte nochmal wiederholen?“, fragte sie die Frau vom Radio kichernd.

„Natürlich!“, sagte Monika lachend. „Radio Superhits schenkt euch drei Tickets für das NFL-Spiel. Ihr habt es euch verdient!“

Julian und Jannis starrten Charlotte einen Moment ungläubig an, bevor sie gleichzeitig in Jubel ausbrachen.

„Wir haben die Tickets!“, rief Julian begeistert und warf die Arme in die Luft.

„Das ist unglaublich!“, rief Jannis und umarmte Charlotte vor Freude. „Ich kann es nicht fassen! Wir werden wirklich dabei sein!“

Charlotte strahlte über das ganze Gesicht.

„Vielen Dank, Monika! Das ist viel mehr, als wir uns erhofft haben.“

„Es ist uns eine Freude“, antwortete Monika.

„Wir melden uns bald bei euch, um die Details zu klären. Und vergesst nicht, wir möchten euch auch im Radio interviewen, damit ihr eure Geschichte erzählen könnt."
„Das machen wir gerne!", rief Charlotte begeistert. „Wir freuen uns darauf!"
Nachdem das Gespräch beendet war, schauten sich die drei Freunde fassungslos an. „Das ist verrückt!", sagte Julian endlich. „Wir gehen wirklich zum NFL-Spiel!"
Die drei Freunde umarmten sich, lachten und jubelten so laut, dass einige Schüler neugierig zu ihnen herüberschauten. Doch das war ihnen egal. Sie hatten es geschafft – ihr Traum würde wahr werden.

KAPITEL 7

Der große Tag

Der Wecker klingelte viel zu früh für einen Samstag, aber Julian, Jannis und Charlotte waren sofort hellwach. Sie hatten alle bei Julian übernachtet, denn endlich war der Tag da, auf den sie so lange gewartet hatten. Das NFL-Spiel, von dem sie geträumt hatten, stand direkt bevor!

„Jannis, steh auf! Wir dürfen nicht zu spät kommen!", rief Julian, der schon in seinem Football-Trikot durch das Haus rannte. Jannis zog sich schnell an und schnappte sich sein Cap. In der Küche wartete schon Charlotte, die vor Aufregung kaum stillsitzen konnte.

„Ich kann es immer noch nicht glauben, dass wir wirklich ins Stadion gehen!", sagte sie, während sie nervös an ihrem Saft nippte. „Das wird so cool!"

„Und vergiss nicht, dass wir unsere Lieblingsspieler sehen werden!", fügte Julian hinzu. „Ich hoffe, wir bekommen ein Autogramm!"

„Autogramm? Ich will ein Selfie mit dem Quarterback!“, sagte Jannis grinsend und hob den Arm, als würde er einen Football werfen.

Julians Eltern brachten sie zum Stadion, und schon auf dem Weg dorthin sahen sie überall Menschen in Trikots. Die Straßen waren voll von Fans, die alle auf dasselbe Ziel zusteuerten. Überall hingen große Plakate und Banner, die das Spiel ankündigten.

„Schaut mal, das ist wie im Fernsehen!“, rief Charlotte begeistert, als sie das riesige Stadion vor sich sah. Es war noch beeindruckender, als sie es sich vorgestellt hatten. Die Ränge waren schon gut gefüllt, und die Geräusche von jubelnden Fans und Musik drangen nach draußen.

Als sie das Stadion betraten, schlug ihnen der Duft frischer Hotdogs und Popcorns entgegen. Überall waren Stände, an denen Fanartikel verkauft wurden. Jannis konnte es kaum erwarten, sich ein neues Cap zu kaufen, während Jannis sofort auf einen Stand mit Mini-Footbällen zulief.

„Ich glaube, ich muss einen haben!“, sagte er, während er den Ball in der Hand wog.
„Klar, dann können wir später noch ein paar Pässe werfen!“, antwortete Julian.
Charlotte suchte sich einen Schlüsselanhänger mit NFL-Logo aus.
Nachdem sie sich ihre Souvenirs gesichert hatten, machten sie sich auf den Weg zu ihren Plätzen. Das Stadion sah größer aus als ein Fußballstadion, und es fühlte sich an, als würden sie in einem Labyrinth umherirren.
Schließlich fanden sie ihre Sitze – in der Nähe des Spielfeldes! „Das sind ja Hammerplätze!“, rief Charlotte und konnte ihren Augen kaum trauen. „Wir können die Spieler fast anfassen!“
Sie holten sich noch etwas zum Trinken und genossen dann die Show, die es vorweg gab. Laute Musik dröhnte durch die Lautsprecher.
„Das ist ja fast wie beim Super Bowl!“, rief Julian.

Die drei Freunde jubelten und klatschten begeistert mit den anderen Fans. Die Stimmung war elektrisierend, und die Spannung stieg, als die Spieler auf das Feld kamen.
„Da ist er! Da ist er!“, rief Jannis plötzlich und zeigte auf den Quarterback seines Lieblingsteams, der sich aufwärmte. „Er sieht noch cooler aus als im Fernsehen!“
Julian war ebenso begeistert und zeigte auf seinen Lieblings-Wide-Receiver. „Der Typ ist eine Fangmaschine! Ich wette, er holt heute mindestens zwei Touchdowns!“
„Und die Cheerleader machen auch richtig Stimmung!“, sagte Charlotte, während sie zusah, wie das Team der Cheerleader Kunststücke machte.
Das Spiel begann, und es war von Anfang an spannend. Beide Teams lieferten sich ein Kopf-an-Kopf-Rennen. Jeder Spielzug wurde von lauten Jubelrufen und gelegentlichen „Ohs“ und „Ahs“ begleitet, wenn ein Pass nicht ankam oder ein spektakulärer Tackle gelang.
Doch dann, gegen Ende des zweiten Quarters, passierte etwas völlig Unerwartetes.

Ein Mann vom Stadionteam kam auf die drei Freunde zu. Er hatte ein breites Lächeln im Gesicht und hielt ein Funkgerät in der Hand.

„Entschuldigung, seid ihr die Kinder, die im Radio über ihr Football-Turnier gesprochen haben?“, fragte er freundlich.

Julian, Jannis und Charlotte nickten überrascht.

„Dann habe ich eine Überraschung für euch. Wie wäre es, wenn ihr in der Halbzeitpause mit den Spielern aufs Feld lauft?“, fragte der Mann und grinste.

„Waaaas?!“, riefen die drei gleichzeitig. Ihre Augen wurden riesig, und sie konnten es kaum glauben.

„Das ist kein Scherz“, sagte der Mann und zeigte ihnen ein kleines Kärtchen. „Ihr dürft als Ehrengäste in der Halbzeitshow mitlaufen und dann unten am Spielfeldrand bleiben!“
Julian sprang fast auf seinen Sitz. „Das ist unglaublich!“
„Das ist besser als jedes Autogramm!“, fügte Charlotte hinzu und strahlte über das ganze Gesicht.
In der Halbzeitpause standen die drei Freunde dann tatsächlich am Rand des Spielfelds. Sie bekamen spezielle Trikots und wurden von den Spielern begrüßt. Dann kam der Moment: Die Musik setzte ein, und sie liefen Hand in Hand mit den Profis aufs Feld. Die Menge jubelte, und die Kinder fühlten sich wie Superstars.
„Das ist der beste Tag meines Lebens!“, rief Jannis, während sie auf dem Rasen standen und in die jubelnde Menge blickten.
Julian grinste und sagte: „Ich glaube, das hier kann nichts mehr toppen.“
Charlotte nickte. „Außer, wenn wir noch den Sieg unserer Lieblings-Mannschaft sehen.“

KAPITEL 8

Der entscheidende Touchdown

Die Spannung im Stadion war zum Greifen nah. Das Spiel hatte sich zu einem echten Krimi entwickelt, und das Ergebnis würde sehr knapp werden. Nur noch wenige Sekunden blieben auf der Uhr, und das Publikum hielt den Atem an.

Julian, Jannis und Charlotte standen an der Seitenlinie, die Augen weit aufgerissen. Sie konnten kaum fassen, dass sie tatsächlich hier waren, live dabei, in diesem unglaublichen Moment.

„Es steht 27:24“, flüsterte Julian, der wie gebannt auf das Spielfeld starrte. „Wenn unser Team jetzt den Touchdown macht, gewinnen sie das Spiel.“

„Das ist ihre letzte Chance“, sagte Charlotte, die kaum still-stehen konnte. „Wenn sie es nicht schaffen, ist das Spiel vorbei.“

„Keine Sorge“, sagte Jannis halb atemlos. „Unser Quarterback hat das schon so oft gemacht. Er wird es auch diesmal schaffen. Ich spüre es einfach!“
Die Spieler stellten sich auf der Linie auf. Der Quarterback warf einen konzentrierten Blick über das Spielfeld, prüfte die Verteidigung des Gegners und sah dann zu seinem Wide Receiver, dem besten Spieler des Teams. Das ganze Stadion war still, bis auf das Rauschen der Anspannung, das durch die Ränge ging.
„Das ist es“, murmelte Julian. „Jetzt kommt der entscheidende Spielzug.“

Der Ball wurde gesnapt. Der Quarterback fing ihn sicher auf und trat sofort einen Schritt zurück, während die Verteidiger auf ihn zustürmten. Jeder im Stadion hielt den Atem an, als er nach einer Lücke suchte. Der Wide Receiver sprintete los, schlängelte sich an den Verteidigern vorbei und rannte in Richtung Endzone.

„Da ist die Lücke!", rief Jannis aufgeregt und zeigte auf das Spielfeld. „Er muss ihn werfen, jetzt!"

Die Verteidiger kamen immer näher, und es sah so aus, als ob der Quarterback keine Zeit mehr hätte. Doch dann, im allerletzten Moment, schwang er den Arm zurück und warf den Ball mit all seiner Kraft in die Luft. Der Ball flog in einem perfekten Bogen über das Feld, direkt in Richtung des Wide Receivers.

„Los, fang ihn!", schrie Charlotte, die vor Aufregung auf und ab hüpfte.

Der Wide Receiver sprintete, die Augen fest auf den Ball gerichtet. Die Menge tobte vor Spannung, während der Ball durch die Luft flog. Ein Verteidiger war dicht hinter dem Receiver und streckte die Hand aus, um den Pass zu blockieren. Doch der Receiver beschleunigte noch einmal, sprang in die Luft und streckte die Arme nach dem Ball aus.

„Das wird knapp“, keuchte Julian. Er hielt die Luft an.

In diesem Moment schien die Zeit stillzustehen. Der Ball näherte sich den Händen des Receivers, die Menge stand wie versteinert da, und dann, mit einem fast unhörbaren Plopp, landete der Ball sicher in seinen Händen.

„Er hat ihn!“, rief Jannis mit einem Jubelschrei, der gefühlt das ganze Stadion übertönte. „Er hat den Ball gefangen!“

Der Receiver zog den Ball fest an sich, drehte sich um und sprintete die letzten Meter in die Endzone, bevor der Verteidiger ihn erreichen konnte. Die Menge explodierte in ohrenbetäubendem Jubel. Überall schwenkten Fans ihre Fahnen, sprangen auf und umarmten sich. Die Lichter im Stadion flackerten.

„TOUCHDOWN!“, brüllte Julian und riss die Arme in die Luft. „Das war der Sieg! Wir haben gewonnen!“

„Das war der beste Spielzug, den ich je gesehen habe!“, schrie Charlotte, die immer noch vor Freude sprang. „Das war absolut unglaublich!“

„Ich wusste es!“, sagte Jannis, der seine Freunde abklatschte. „Unser Quarterback ist einfach der Beste!“

Die Spieler stürmten auf den Receiver zu und begruben ihn unter einer Welle von jubelnden Teamkameraden.

Die Fans im Stadion sangen und tanzten, während das Feuerwerk in den Himmel stieg. Es war der perfekte Abschluss für ein perfektes Spiel.

Plötzlich kam ein Stadionmitarbeiter auf die drei Freunde zugelaufen. „Kommt mit!“, rief er über den Lärm hinweg. „Ihr dürft mit den Spielern auf das Feld und den Sieg feiern!“
„Was? Wirklich?“, rief Charlotte erstaunt.
„Los, nichts wie hin!“, rief Julian und packte die anderen an den Händen. Gemeinsam rannten sie dem Mitarbeiter hinterher, die Herzen klopften ihnen bis zum Hals.
Als sie das Spielfeld betraten, wurden sie von den jubelnden Spielern empfangen. Der Wide Receiver, der den entscheidenden Touchdown gemacht hatte, sah die drei und kam auf sie zu.
„Na, habt ihr Spaß gehabt?“, fragte er mit einem Grinsen.
„Das war das Beste, was wir je gesehen haben!“, rief Jannis begeistert. „Du bist echt unglaublich!“
„Danke“, sagte der Receiver und klopfte Jannis auf die Schulter. „Aber das war Teamwork. Genau wie bei euch. Und wenn ihr beim nächsten Mal mit euren Freunden aus der Flag-Football-AG hier seid, kommt gerne nach dem Spiel zu uns – wir haben schon von eurem Einsatz gehört

und die Tickets sind für euch alle reserviert!"
Die drei Freunde strahlten. Gemeinsam feierten sie den Sieg, tanzten und sangen zusammen mit den Spielern, bis die Lichter im Stadion langsam ausgingen.
„Das war der entscheidende Touchdown", sagte Julian, als sie das Spielfeld verließen. „Nicht nur für das Spiel, sondern auch für uns. Wir haben gelernt, dass man seine Träume nie aufgeben darf."
„Genau", stimmte Jannis zu. „Und dass es immer einen Weg gibt, wenn man nur daran glaubt."
Charlotte lächelte zufrieden und schaute ein letztes Mal auf das Stadion zurück. „Es war wirklich ein perfekter Tag", sagte sie. „Ich bin so froh, dass wir ihn zusammen erlebt haben. Und ich freue mich jetzt schon darauf, mit euch den Super Bowl zu schauen!" Die drei klatschten sich ab. Dieses Abenteuer würden sie nie vergessen!